JN117774

遣唐使のものがたり

紀野恵
歌集

砂子屋書房

＊目次

V 漂流 59

装本・倉本　修

歌集

遣唐使のものがたり

登場人物

【天平の遣唐使第四船の生存者】

平群広成　へぐりひろなり　遣唐使判官
紀文足　きのふみたり　遣唐使唐語通訳
天彦　あまひこ　遣唐使船水夫
四道　よつぢ　遣唐使随員。商いを志す。

【日本】

多治比真人広成　たぢひのまひとひろなり　遣唐大使
秦忌寸朝元　はたのいみきてうげん　遣唐使判官
葛井真成（井真成）　ふぢゐまなり　入唐留学生。唐で客死。
阿倍仲麻呂（晁衡）　入唐留学生。唐の高官。唐で客死。
天彦の母　天の鶴群の歌の作者。

【唐】

皇帝　玄宗

王維　唐の高官で詩人。仲麻呂の友人。

銭惟正　蘇州刺史

韋景先　通事舎人

安南都護使

璐無《ルウ》　唐の名妓。仲麻呂の友人。

白花《パイファ》　天彦の唐人妻

飛宇　天彦と白花の息子。

【崑崙国】

崑崙王

郭慕京《クムジン》　崑崙人商人。唐に通じている。来日。

【渤海国】

渤海国王　大欽茂（文王）

胥延徳　渤海から唐への留学生。渤海高官。

胥要徳　胥延徳の従兄。遣日本渤海大使。

発端

なつかしき曾祖母触りし文箱より崩れさうなる紙の束出づ

蔵といふ昏い翳には緋の蝶の潜める如しこの真昼間も

書《ふみ》読めと式部の父も鄙なるやわが曾祖母ものたまひしかな

遠つ祖《おや》大唐国に使ひせし伝へと香木片《にほひよききのかけら》

シバの国の女王　乳香　没薬といふことありきかなた西方

Ⅰ 任命

入唐《につたう》の旨《みこと》畏こみ大御船泊つらむ曲《わた》を夢《いめ》に見しかな

＊

訳語《をさ》紀文足の祖父は唐人

祖父《おほおぢ》の唐《から》の言葉の黄葉《もみぢば》のからころと舞ふ音に覆はる

紀の父のやまとことばは春日山なだらかの肩のやうに連綿

天平四年春正月

新羅使の来朝《まうく》　訳語《をさ》らが宴して詞学《まね》び称《い》ふがをかしき

行き交へる海の中道なかなかに言の通はぬ国ぞ多《さは》なる

祖父《おほおぢ》の唐の詞はそらみつ大和訛りのなだらかの春野

新羅使と唐の文字《もんじ》を交はしつつ〈おほきつよき圀《くに》〉か　圧《お》さるる

ひとつづつ唐の文字に当て嵌めて押し込めらるるやまとことのは

正月二十日多治比真人県守為中納言（前遣唐大使）

わたの原越えけむ波に　生くるとはまこと小さき灯《とぼし》と思ひき

艫船《ともぶね》を見き大波の頂きに　はた失ひき目路の限りは

帰り来て国の舳に今は在れどいづち往くらむこの大御船

八月四日

大風にやうやう雨降る　この風は海原にては如何と識らず

ただ雨を喜ぶ　すこし収まつてゆく土埃　あをによし平城《なら》

八月十七日
新しき遣唐大使任命のこと在りと聞く　小さき地震《なゐ》ふる

遣唐訳語父述思
海の外《と》といふ詞あり四方の海のなだらかであつたり剣呑であつたり

わが父が越えし海原吾は越えず平城京《ならのみやこ》を青丹美しとのみ

大海をわが子は越えよ（とは思へど）吾が往かざりし長安を見よ（とは思へど）

小振りなる身の丈に適《あ》ふ日にちの都大路は時に泥濘み
島国に在れば島とも思ほえず明けの広野に薬狩りすも
三代の唐語の訳語《をさ》の家なれど中の吾れはや海を渡らず

文足

越えゆかむ廣野大海うつくしきことのみ思ふ或る朝《あした》には
梅が香のかをる朝風百官の袖吹きかへす綾錦あやに

（あくがれは海を渡れど）息臭き大蛤に喰はる　悪夢だ

わが詞　唐語の海に放たれて通ずるものか不知哉《いさや》知らずも

祖父《おほおぢ》に〈行かむと思ふ〉秦忌寸朝元《はたのいみきてうげん》どのをまづは訪ねよ

秦忌寸朝元の望み

弁正法師者。俗姓秦氏。性滑稽。善談論。少年出家。頗洪玄学。大宝年中。遣学唐国。時遇李隆基龍潜之日。以善囲棊。屢見賞遇。有子朝慶朝元。法師及慶在唐死。元帰本朝。仕至大夫。天平年中。拝入唐判官。到大唐見天子。天子以其父故。特優詔厚賞賜。還至本朝尋卒。

懐風藻

皇上となる秋天に我が父と碁を打ちたまひ　碁石《いし》のつめたさ

名は隆基ひとりのをとこたりしかれが〈皇上〉　言の凝りとなれり

権力を身に聚むとはどのやうにつめたい碁石《いし》を忘れゆくのか

見てみたい生きの身ながら〈意味〉となる一生《ひとよ》といふを　〈意味〉は大いなるものか

へらへらと病葉落ちて其の朱赤　こちらの〈意味〉が大きいのではないか

丁亥、以従四位上多治比真人広成為遣唐大使。

Ⅱ　渡　海

四船《よつのふね》つくらしむべし　大いなる神宿る木の次次伐られ

近江《ちかつあふみ》・備中《きびのみちのなか》・丹波・播磨　船《ふね》名付けらる四つの国の名

海神《わたつみ》と木霊・御仏・人の世と世界は幾重にも織られて続く

難波津を進み発つふね大いなり　大いなれ　まづしき国にあらぬぞ

唐語まねび唐詩を読みて唐服に似る朝服のあな煌々し

〈国〉となる途上《みちのへ》灯す命いくつありきと後の世にぞ告げてむ

王

くらやみを恐るるがごと朕は恐る〈国〉とならねば呑み込まるるを

好去好来

海原の辺にも沖にもゐますてふ神をたのめてはや帰りませ

ひさかたのあめのみそらは続きゐて　君ゐますてふ頼りもがもな

大船に真楫しじ抜き／高光る日を浴びながら／今はい去《ゆ》くのみ

好去好来歌　　　　　　　　　　　　　　　　山上憶良

神代より　言ひ伝て来らく　そらみつ　大和の国は　皇神の　厳しき国　言霊の　幸はふ国と　語り継ぎ　言ひ継がひけり　今の世の　人もことごと　目の前に　見たり知りたり　人さはに　満ちてはあれども　高照らす　日の朝廷　神ながら　愛での盛りに　天の下　奏したまひし　家の子と　選ひたまひて　大御言　戴き持ちて　もろこしの　遠き境に　遣はされ　罷りいませ　海原の　辺にも沖にも　神づまり　領きいます　もろもろの　大御神たち　船舳に　導きまをし　天地の　大御神たち　大和の　大国御魂　ひさかたの　天のみ空ゆ　天翔り　見わたしたまひ　事終り　帰らむ日には　またさらに　大御神たち　船舳に　御手うち掛けて　墨縄を　延へたるごとく　あぢかをし　値嘉の崎より　大伴の　御津の浜びに　直泊てに　御船は泊てむ　障みなく　幸くいまして　早帰りませ

多治比真人広成

くらやみを恐るるがごと恐るると人に知らゆな渡海大使われ

水夫母

高光る天《あめ》の鶴群《たづむら》頼むともけふを限りと目が眩む目が

天平五年癸酉遣唐使舶發難波入海之時親母贈子歌
旅人の宿りせむ野に霜降らば我が子羽ぐくめ天の鶴群

水夫

誉れありさこそ思へどみづからに言ふけれどああ果てない海だ

水夫妻

大伴の御津の浜松それはどこ　家ぬちに射すすくない日差し

海へ

難波津

難波津に聚りてはやうからに会へぬをのこらばかりとなりぬ

瀬戸内海

島めぐりゆく四船《よつのふね》人の手に成れるはわづかこの四船《よつのふね》

夜となれば泊つる港に寄り来たる人びとは未だやまとことのは

筑紫

風待ちの筑紫　このまま待ちたいが風よりつよき大詔《おほみことのり》

値嘉島

つひにここに地は尽き果てぬ／後ろから圧さるる／海へ／風に／言に／圧さるる

＊

文足

離《さか》りゆく陸《くが》の緑の塊が一片となり点となるまで

風に松の捩ぢ曲げられてごはごはの幹の手ざはり早や懐かしも

海と空のあはひの点となりゆくをわが身のうへとしんと知るまで

朝元

白い波の牙が現れさうで未だあらはれぬまま航け航け御船《みふね》

このままだこのままだ航け　一片の木切れのうへに百五十人

大海を未だ知らざる余の人のおほどか　空に欠伸などして

大使

長々と空と海との境界が横たはる　吾が身為すべきを為せ

吾れを長と六百人が頼めゐる　声が次第に重りかになる

節刀を賜りしとき王《おほきみ》の眼《まなこ》は抱いてゐしか怖れを

吾れに怖れあるなり国といふまぼろしを双肩に担ふ幻

＊　＊　＊

あつさりと着くらしここらみんなみは黄土が海をふかく侵せり

大使

何憂ひけむ大蛤も龍も出ず　神の掌《たなごころ》すべらかなみづ

朝元

この度の使ひは何んに目守《まぼ》られてすいすいと着くかくもすいすい

大海も何んぞと言へる人びとのなんとらくてんてきな倭は

文足

恐ろしと思ひし我が身や早や昔　なんだなんだなんだ着いたり

開元二十一年八月、日本国朝賀使真人広成與傔従五百九十人舟行遇風、飄至蘇州。

冊府元亀　来遠

蘇州刺史銭惟正

異国船吹き寄せらるる沿岸を守り刺史たり（何んぞ着いたか？）

大使

わが国は日本と号す王《おほきみ》の御言畏みかくは来たれり

刺史

（この漢肩《をとこ》のちからがぎしぎしと音たてゝゐるのが聞こゆる）

大使

（大唐の刺史――日の本の大使吾れ　いづれがうへでいづれが下か）

刺史

大任を果たすべくかく来給ひし御身まづまづ休らひたまへ

大使

長安へなにはともあれ長安へまゐらむよくよく計らひたまへ

文足

おづおづと見えぬか　進みひと言のはじめの子音風にかするる

後ろから大使閣下の白髪の増えしひとすぢ眼に沁みる

朝元

桟橋に着けば大陸の端つこに大陸の一部の我れが戻つた

水夫

くたくたのからだを地《つち》の上の草の上にひらたく干してみたいさ

＊

宙《おほぞら》の果ての駅《うまや》ゆ還り来むとほき未来もさこそ（地を草を）恋ふらめ

文足

無意味な音・まつしろな声・色褪せた言葉の海の大渦巻が

辿り着く岸辺　国号日本《くおはおりいぺん》と名告りき　急にちひさき母国

大唐の厚き官服（刺繍《ぬひとり》をせしをみなごの白い指）おやおや

言の葉のいろ蘇る　ああこれは（倭に至るまへの祖父《おほおぢ》！）

〜Intermezzo〜　長安の日本人

井真成　　公は姓は井、字《あざな》は真成、国号は日本。

故国から舶着くと聞くみんなみの柳や秋の葉を降らすらむ

倭なる忘れさうなる言の葉のひとつひとつのちひさな音を

主張して主張して吾れは大いなる陸の真央《まなか》に独り在るなり

才は天縦と称せらる。

いよいよと還らむ思へば（共に来し仲麻呂の貌　思ひ出だせず）

阿倍仲麻呂

晁衡といふ名を貰ひ皇上の側近く侍す己を恃み

恃めるはこの国の言・この国の書籍《ふみ》・ともかくも泳ぎ切ること

真成《まなり》

己れには何かが足りぬ日に夜を夜に日を継ぎ書籍《ふみ》学べども

吾が住まひ屋敷ならねど陋屋にもあらざれば　あや一人《いちにん》雇ひ

留学生《るがくしやう》給費期限は過ぎにけり唐朝わづか俸給を呉る

還りなむ朝服の袖ひるがへし国のゆくへを奏せむものを

真成宅のばあや

葉つぱとんとん葉つぱとんとん葉つぱだけ旦那様には滋養必要

あをじろく書籍《ふみ》に嚙み付きさうなかほ　柳が芽吹き柳が枯れて

ほんの少し訛りある美麗的麗《メイリーダリー》　日本的日《リーペンダリー》　おんなじの〈リー〉

仲麻呂

変はらないあをじろい情熱きみはただ〈持ち帰る〉ことのみを思ふ

吾れは何処なりとも己が重要さだけが大事だ　世界にとつての

真成

輿に過ぐる仲麻呂見たり唐朝の人とのみ見ゆあな美髯たり

皇上の自ら選み賜りし夜光珠さへもたくはへられて
引き立てを頼まむ人の車馬絶えぬ門のまへにて踵返しき
異国にてからも引け目のなき人の羨しも（おうおうかへりたきかな）
小国の要となるが願ひにて（それは言ひ訳）ただ還りたき

Ⅲ　大陸

アマゾンのやうな（つてアマゾン知らぬ癖に）江遡る　海から陸へ

（うねうねと連なる山に遮られいちまいいちまい田のある倭）

広大的《くわんたーだ》へらべつたさの平野かな国いちまいと言はば言ふべく

秋といへ大き蚊がをるアマゾンのやうな（つて知らぬが）泥遡る

泥塗らば蚊に刺されぬといふをとこ唐語は母語にあらぬ顔立ち

へらべつたい貌のをとこが香木を購はぬかといふただの木切れを

＊

水夫

寒い寒いここは南といふからにこれほど寒い　寒い病だ

熱い熱い寒い熱い寒い　へらべつたい貌の亡者が漂うてくる

病かも知れぬ地面が揺れてゐると思へば舟のうへか　寒い寒い

平群判官広成

綾錦都は未だ遠ければ病養《やまひ》へ還り来む待て

水夫

綾錦何かはおれの都には母がをる妻がをる　るるるる寒い

かへりたいかへらむ船を待つまでのひとりはとほい　だけど待ちます

＊

ただ向かふことのみ思ひ命あることのみ思ひ遡りゆく

山々をとほりみどりに浸みてくる故郷のあまきみづぞ恋しき

泥がにほふみづ否、泥を飲んでゐるようだ　外つ国　着きたればこそ

大唐に守られてゐる心地よさ何はともあれ使節団たり

大国と小国分くるちからの差、とふもの否も応もなく在る

耕して水汲みて何か燃やすもの集めて百姓《パイシン》、　のひとりと話す

（近代的市民といへど〈難民〉とならば追ひ払はるる欧州《ヨーロッパ》）

（日本《リイペン》が日々平穏の国として未来の一時期崇めらる）

（あやふさの舟べりに立つ平穏の水鳥の紅き脚の細さよ）

川魚大いなる一尾煮付けられ大皿のうへ　なべて大いなり

百姓のをみなごはわがをみなごに変はらぬ厚きてのひらをせり

千万《ちよろづ》の文字《もんじ》わたしは知らねども夜に日を継ぎ日に夜を継ぎ

さてもみづ水が合はぬわ泥の水　判官どのも大使閣下も

ぎうぎうと小舟に江を遡る　誰もがまろき膝を抱へて

或る夜は宴催す貪官《たんくわん》といふにはあらねきらきらとして

隋、唐と国号って何　たひらかに昼を過ぐして夜をふかく寝《ぬ》る

〈たひらかさ〉賚《もたら》せるこそ大国の証と太宗かつて宣ひき

遡りゆけどちつとも近づかぬ〈都〉は天のうへにあるらし

Ⅳ　首都

近づいてきたなんらか　きらきらとしてざわざわとして燦然として

あをあをと柳の風のにほひして百万のにんげんの気配が

直角に交はる街路奈良よりもおほきな四角　人と物、人

統一は確かにあつて騒音の真中に王朝とふ大き蕊

牡丹《むーたん》といふ名のをみな　うすぎぬの巾《ひれ》棚引かせ走り去りけり

時は春、四月湧き起こる木々の芽のいつせいの声　洛陽洛陽《るおやんるおやん》

商才のありさうな随員の一

商ひの声／物売りの／物を買ふ／食事を供す／物を食む音

饅頭《マントウ》を売るにも時の勢ひといふが大切　はふはふはふはふ

文足

響りやまぬ〈圧倒的〉といふことば（ぶおんぶおぅん）あたまの中で

蘇州刺史銭惟正
驚いてゐるのか　かほの変はらぬがこの民族と思ひ至れり

大使
朝見の日の決まらぬに　牡丹《ぼうたん》のどさり崩れて築地の向かう

煬帝の私設図書館を最後とし失はれたる『世界の起源』

一日《いちじつ》を一日として天竺の、唐の、林邑の、才と相会ふ

招来の人ら選むは　大海《おほうみ》に才消ぬべくもあらむ思ほゆ

文足

散策といふか探検といふか大海に埋もるる心地　色彩の大海

広小路過《よ》ぎるさへひとり覚束な唐の人らの後《しり》に付きゆく

饅頭《まんとう》のほくほくと湯気あるあたり素人画家が絵を売るあたり

幾軒の書籍屋《ほんや》路上に店広ぐ『世界の起源』まさかあるかも

街中で言葉を交はす　唐人のやうに、だがきつと訛つてゐるなあをあをと柳が揺れて笑ふひと　ああ、いつも世界がかうであるなら！

いま角を曲がり此方を向くかくも彼方の国の判官さまの瓜二つ

平群判官広成

文足よ丁度よかつた　大海に宝探しの手伝ひをせよ

このあたり大きくはない留学生《るがくしやう》葛井《ふぢゐ》真成《まなり》の家あるあたり

文足

真成さま？聞いたるやうな（瓜二つさにあらず判官さまであつたか）

さみしい葬列

はたはたと真白く長く棚引ける幡《はた》押し立てて列は行くかも

表情を持たぬ白衣の四、五人が連なり過ぎる葬ひの列

洛陽《るおやん》洛陽《るおやん》あふるる春を置き去りにこの世過ぐべき人のあるらむ

広成

（もしやこの牡丹一鉢いちりんがやうやく咲ける真成が宅か）

ばあや

おやこれは何方《どなた》　めづらかなる客の主亡きあと訪れたまふ

広成

日本《りいぺん》といふ国の者　井真成なる同胞《はらから》を尋ね来たれり

ばあや

日本はとほけれどまた近き名の　あな遠かりしいま葬列が

広成

葬列の主か真成　見《まみ》えざるまま遠ざかり名のみ残るか

詔して尚衣奉御を贈る

この街衢《く》幾たりが識る　外《と》にも出ず書籍《ふみ》が一生《ひとよ》と過ぎし人の名

春秋三十六

その一人《いちにん》　あふるる春の裡に置くしづけき玻璃の高坏のやう

＊

大使

留学生《るがくしやう》葛井《ふぢゐ》真成《まなり》が遺したる書籍《ふみ》尽く船《ふね》に載すべし

形は既に異土に埋もれ

魂は故郷に帰らんことを庶《こひねが》ふ

＊
＊
＊

朝　見

通事舎人　韋景先

朝見は七日ののちとただ今の通達ぞある七日ののちと

大使

いよいよと七日思へば幾千の幾万の波越えて来にけり

予てより選まれし者各各が一国である如く振舞へ

＊

大使
幾十度《いくそたび》美濃絁《みののあしぎぬ》・水織絁《みづおりのあしぎぬ》数へ今日待ち得たり

文足
百官が並みゐる背《せい》の高さうなをのこらばかり　それは気のせゐ

大使
蕃とかぞへらるるわが国気負ひなくいつかNihonと名乗れるだらうか
巧妙に皇の字を避け訳さるる〈主明楽美御徳《すめらみこと》〉の国書を進む
しづしづと臣従の礼為《ゐや》せしこと海の涯《はたて》の民に知らゆな

皇帝

あつさりと労をねぎらふ　遠国《をんごく》の大使二度とは会はざらめゆめ

不可思議《プークースーイー》朕はいつしか朕と称《の》り国国の漢《をとこ》たちを労ふ

大使

巨きいと見ゆる太りじし　陛下《ピーシア》と称《い》はるる道を選みし一人《いちにん》

不可思議《プークースーイー》人は生れ中華に蕃に皇帝《ホアンティ》に水夫《かこ》に　われは大使に

韋景先

汲汲と百官は並み立つれどもただ二人立つ　と見えし玉響《たまゆら》

大海に郷《くに》隔てられひとり立つ朝《あした》はきみをつよくするのだらう

＊

あつさりと見《まみ》え終はりし玉響は史書に刻まれ曾孫が読む

賜宴

山海珍味《やまうみのめづらしきあぢはひ》賜ふ　膳が世界を表す仕掛け

これでもかこれでもか衣・食・住違ふのだ中華と〈そのほかの国〉

畏まり賜ふ宴にペルシアの媛の足音《あおと》のひとり軽やか

訳語　文足

なんだなんだなんだ金縛りの身のめぐり　朝見いつか済んだり

なんだなんだなんだ賜宴が始まつてゐる通訳をしなけりやならぬ

宴とは名ばかりぴんと張り詰めて外交的に訳さなけりやあ！

おごそかにゆつくり詠ふやうに曰ふ　宮廷つて大体みんなさうなる

大使

とまれかくまれわが任半ば果てつれば賜宴と言へどすこし緩びて

贈位

尚衣奉御つて何を為るらむ　贈られし葛井真成《ふぢゐまなり》の魂《たま》や慰む

無いよりは有るがよろしき地位と金　千年のちもあな変はらめや

役立たぬ官名史書に記さるる次次と大国の恩恵として

おざなりといふにはあらず空は晴れ類型として朝見終はる

大使

宿舎へと帰る淡淡ともう帰途を倭までの帰路を考へてゐる

文足

楽しみの夜も少しは　洛陽の春を惜しめと祖《おや》宣ひき

判官　平群広成

（まことまこと御祖《みおや》の言は守るべし）　こごゐでちさきとりのやうにこごゐで

文足よ大使閣下の安らひは帰朝報告まであらじかし

Ⅴ　漂流

蘇州の秋

天鶴群の水夫　天彦

やうやくに皆蘇州《スウチヨウ》へと帰り来と商ひびとのはかなき噂

病得て残りしことの幸ひに白花《パイファ》と呼ぶ吾が唐《から》をとめ

平群判官広成

ときどきは水夫《かこ》の天彦思ひ出し……ゐしと言へねど今思ひ出す

天彦
訪ね来し日本使節団宿泊所案内《あない》乞ふ吾が唐語なかなか

広成
おお今し思ひゐしかば訪ね来し天彦　船は十月に出る

天彦
わがつまの白花《パイファ》これに　新しき年迎へなばわが子の母に

広成
わがつまと今聞こえしか倭へは帰らぬのか船に乗らぬのか

天彦
かんがへてかんがへてゐまする倭わがふるさととわが妻と子と

＊

文足

流石だ流石だ蘇州《スウチヨウ》大いなる港といふはかういふことか

此処が最後大唐国をこの度は去るにつき最後　魂に留めむ

少しづつ違ふ訛りの否大いに違ふ訛りの唐語聞き分く

はやく倭へ

大使

今し発つ四つの御船《みふね》を待ちぬらむ三津の浜松子らが家族《うから》ら

聚めたる書籍《ふみ》・貝光る琵琶抱へたづさへわれら伝へまつらむ

天彦

わがつまは唐土《もろこし》の花　大海を越ゆる術無み今日か別るる

白花

子が居ずば或いは越えむ大海のつばらつばらに小波のたつ

天彦

少し絹を遺してわれはそれのみの父　再びは会へぬのだらう

白花

小波のつばらつばらに将来《さき》のことなぞ考へずつばらつばらに

天彦

惜しまるる心地かな稍《やや》　葉をなべて異土の柳は払ひ落として

文足

唐音があたまのなかにしゆんしゆんと巡りをるのは稍《やや》良き心地

広成

文足よ若ければ再た来む春を洛陽《るおやん》、牡丹《むーたん》、ぺるしあをとめ

ひとたびは見納めと見てをりまする（判官さまは少し陽気だ）

文足

＊

平穏の港やうやく離りゆくちひさき木の葉と船はなりゆく

天平六年十月、事畢りて帰るに、四船同じく発ちて蘇州より海に入りき。悪しき風忽ちに起こりて、彼此相失ふ。

続日本紀

漂流／漂着

四つの艀さながら沙のひとつぶひとつぶは海に吸はれてゆくか
見失ふ僚船《とものふね》　西、ひむかし！北、みんなみ！いづくぞいづくぞ
日は既に沈みしか否、びらうどの雲に詰まるぞ、息が、星見えず
（悪風が巻く渦左巻きかはた右巻きか）知らず、此処では死なぬ

白波は寄するものかはまつ黒なおほきな渦巻きだ宇宙だ
吸ひ込まれさうな宇宙の唇《くち》が開く嗤つてゐるぞひとつぶの沙を

*

方角も失ひしままあるがまま流れ着く樹樹滴れる島
樹樹かどうかわからぬが根が空中に張つてゐるなか這ひあがるのみ

肌黒く灼かれて巨きな強弓《こはゆみ》のびゆんと　（海に生き残つたのに）

見るや否や射かくる　ヒトのかたちして相向かひゐるのに射かく

生き残る（滅ぶる）為射かく　遙か後、原子炉に灯ともすヒトも

＊

一百一十五人在りしが幾たりか散る殺めらる　残ん捕らはる

文足

大唐にただめづらかに見しかども　（ただ肌のいろ異なれるのみだ）

言語通ぜず　ひどく南《みんなみ》　酷い陽に灼かれつつ繋がれ歩かされ

言語通ぜず　如何なる民か王がゐるか狩猟を為すか米は作るか

人として通ずるものか日にちの暮らし、習慣《ならひ》を互みに知らず

北方に大唐国は今日も在れど　密林のみつしりが押し寄せてくる

他人とは通ぜぬものよ　捕虜として繫がるる　一人《いちにん》とも通ぜず

押し寄せてくる植物の真ん中のひらけた青空の監獄

この湿度たましひを失くしても気付かぬ　びつしりと群がる羽虫

俺の血は残らずこの羽虫が吸ふ　さいごのいつてきまで吸はるる

熱病の薄い灰色の膜が覆ふ捕らはれたいびつな塊を

天彦
（俺はどうも倒れないやうだ熱病はもはやわが身の一部であるから）

広成
じわじわと死びとの増ゆる一団を率ゐるは、ああ、わが外になし
われさへも倒れば彼ら、塊は湿つた土にただ還るのか
此処にかうして我らはあると本国に、後の世に、否、大唐国に！
生きねばならぬ生きねばならぬ生きむ　言語通ずる人々の元に！

商才のありさうな随員の一

生き残る術無み万一生き残る日あらば何んとせうが生きなむ

文足

けふか明日か熱が暴発　さまよはむ黄泉路はせめて倭島山

広成

総身はくろがねいろにあら光りこんろんとかやこんろんか此処

こんろんに大唐国の伝《つて》ありや　あるとせば王府、王府を目指せ

一人《いちにん》か二人《ににん》か知らず　こんろんの王府そののち大唐目指せ

逃げ出すぞいつせいに振りかへるなよ　緑の悪魔　空の牢獄

ヒトがヒトを繋いだり果ては殺したり現世こそ底の底の地獄よ

足に絡む泥濘　朽ち葉　同胞の血肉　振り払へ抜け出せ

殺戮が文化文明とは無縁と言ふつもりも無いが　抜け出せ

文明が築かれをるは泥濘の上ではないか　しかし抜け出せ

＊＊＊

清潔な乾いた土が均されて王宮らしき極彩色が……

辿り着け辿り着けひとりふたりみたりよたりいつたり……いつたりめはよ？

崑崙国

商才のありさうな随員の一

（早鐘の割れ鐘のし、しん、心の臓　打ち止まぬ、止まぬ、生き残つた）

訳語　紀文足

れんめんとふるき氏族の祖《おや》御祖《みおや》木末《こぬれ》のわれは生き延びにけり

天鶴群の水夫　天彦

白花《パイファ》と生まれ来む子と倭のや母と同じき世にし未だし

平群判官広成

残つたは四人《よったり》　文足、天彦とおまへ洛陽《るおやん》の饅頭《マントウ》をとこ

商才のありさうな随員の一

名は阿倍四道《あべのよつぢ》と申す　よつたりめよつぢと申すなにかかなしき

広成

かなしきも何もよつたり　今はただ共に生き抜き共に往くべし

＊

葱坊主極彩色に聳え立つあれな崑崙王府が恃み

我ら大唐皇帝陛下臣下たる日本国使節一行、と告《の》る

大唐のおほきな傘のまぼろしに我ら覆はれ立ちつくすのみ
今はそれおほきな傘があるのなら……あると信じて立ちつくすのみ
ぼろぼろのころもといふか布きれといふかわづかに我を覆へり
黄色《わうしよく》の肌《はだへ》いつしかあら光りこんろん風《ふう》にふかきくろがね

崑崙王府大門

ぼろぼろの流民よつたり喚ばはれり我らが王に会はせろと云ふ

日本国さあね或いは大唐の北の半島の先つぽの島
ぎぎいーつと唸りをあげてみたりしてちよつと入つてみるがいいさ、さ
大唐を騙れる《崑崙王》痴《をこ》の者ら来《く》と　（超大国はやつぱり怖い）
念のため通せ（一見嘘吐きと言ふにはあらね）放りこんどけ

仍りて升糧を給はりて悪処に安置せらる。

悪　処

広成等四人。僅かに死を免れ、崑崙王に見ゆるを得。仍りて升糧を給はりて、悪処に安置せらる。

続日本紀

馳走あり羽毛の寝床蓮の庭ただよつたりの他に影なし

贅沢な牢獄　絹のしらぎぬのおくがたが言ひさうなフレーズ

何日に誰と連絡三日後に陸路より唐へ向かふ等々、とかさ

何不自由なき安全を少しまへ熱望せしを今は得たれど
漆黒のびらうどの夜に溶けてゆく（かへらうなんていつたいどこへ）
ぴりぴりと舌を刺す湯《タン》　つよい酒あふつて赤い辛味に溺れ
びらうどと絹の牢獄〈流れゆく時〉が存在しない世界だ
いつのまに料理は置かれいつのまに絹の衾はととのへられて

よつたりの話尽き果てあかがねの昼みづがねの夜の沈黙

*

文足
ほかの艀ほかの同胞　そらみつ言のやまとに着いただらうか

広成
言を無み術無み我らびらうどにひとのかたちも溶け出しさうだ

天彦
かうぢつとして動かぬは飽いた飽いた喰ふのも滅法つよい芋酒も

文足

今、隅を、塀のくづれのあたり、今、蜥蜴のやうに人が動いた

喂《ウェイ》、誰啊《シュエイア》!·待てよつたりのほかの声ほかの言葉を外の世界を

＊

影

(我は世の上つら撫ぜて過ぐるもの見しとても見ず聞きしも聞かず)

四人

よつたりのほかに動ける影なれば風とも知らず雲とも知らず

心あらばこゝろのゆらぎの幽かにも届けてよ　ゆめか睡蓮動く

影

（心なく移りゆくのみ我は影塀のくづれのかたちをなぞり）

四人

囚はれの空ゆく雲の影だにも心しあらばなほ語りてよ

影→人

誰啊《だれか》（ああ言つてしまつた）在這裡做什麼《ここでなにを》？（吐いた言葉はもう戻らない）

四人

日本的《りいぺんだ》／唐へ／倭国の／崑崙に／捕まつた／王が／帰路／悪い風

唐へ／出してくれ／こんろんが／わかるのか／唐語が／今は何年だ

唐へ／出してくれ／こんろんか／わかるのか／何年なのだ／おまへ／唐語が

＊

すいれんの葉のみつしりと動かざる水面を然あれ風がさ渡る

人↓郭慕京

影ならず我は安南都護府より使ひ／商ひ／為る　名は郭慕京《クムジン》

王府

郭慕京
めづらしき絹みづおりのあしぎぬの蓬萊山の果てより来たる

崑崙王
大唐の絹にはあらでみづおりのみづみづし　蓬萊の彼方か

郭慕京
めづらしき東の涯のまらうどのありとかや　このみづのみづぎぬ

崑崙王
蓬萊に不老長寿の仙薬のうはさ　いにしへからのうはさだ

郭慕京

まらうどに宴賜はな　仙薬のうはさ聞き出すための　口舌で
〈見在者《みつくれば》の送来を令す《送り来たれ》〉とご勅書にあるまらうどに宴賜はな

宴

崑崙王

這一杯給《さかづきを》従東涯来的友《ひがしのともに》　日日のご不足無きか愉しみたまふか

広成

〈閉ぢこめて何んの愉しみ　とつぜんの宴に赫き毒酒あらむか〉

這一杯給寛容的崑崙王《さかづきをくわんようなる王に》　日日を愉しみけふは蓮の発《ひら》けり

王

この良夜ともに大唐の船縁の否、船縁の外《と》の我ら語らむ

名月はたひらかに照る大国のちからの傘も透明にして

広成

（おさおさ怠るまいぞ　軽軽に唐の悪くちなんぞ抑へて）

大唐を盟主と仰ぎ兄弟《けいてい》の契り結べる我らなりけり

王

来来来《のみたまへ》　この幾月の無沙汰詫び我ら兄弟《けいてい》の契り固めむ

広成

みんなみの彩にたゆたにをみなごの笑容《ゑまひ》のごとく御国弥栄

王

日の出づるおほうなばらの御国こそ浮きて仙薬生ふとこそ聞け

広成

仙薬の？おお、仙薬のかぐはしく繊葉そよぎて国なつかしき

（仙薬の？·仙薬ってなんだ　若草の児らがあそべる野の薬狩り？）

郭慕京
蓬萊の野の民草は仙薬に喉《のみと》うるほす朝な夕な、と

広成
お、おゝ、老いの追いかけてくる足どりのいとゆるやかにわが民草は
お、おゝ、あの嫩葉干したる一包み我が身離さず各各持てり
お、おゝ、あの嫩葉干したる一包み宿舎より我ら取りて参らな
お、おゝ、すぐに参りませうぞ郭慕京の案内《あない》に取りて参りませうぞ

郭慕京
こちらこちら宿舎はこちら（こちらこちら速足舟はこちら　港へ！）

再び海へ

天彦
うつすらと潮のにほひだ　思ひつきの大いなる弧を描く鷗よ

文足
高垣に区切られぬ空　青くつてかういふ日には言葉は要らぬ

四道
東方の霊薬／売つて／南方の香木／買うて／往来《ゆきき》する海

よつたりと言へど帰国の奏上を為さむ朝《あした》もかかる空なれ

広成

Ⅵ　大唐

安南都護府

都護使

〈見在者の《みつくれば》送来を令す《送り来たれ》〉とご勅書に　かかるめづらかの蕃語話さる

（不速之客《まねかざるに》）都を遠みうらうらと過ぐす日日（すこし面倒）

郭慕京

さまよへる蕃使送来したまはば遠き都もあるいは近く

日本人《りいぺんれん》晁衡さまは仁厚く（利聡く）やはり故国慕はる

都護使

はろばろと頼み来たりし友邦にわが大唐は礼篤くせむ

（ここは我が）都へ帰る伝とせむ晁衡さまか（ふんばりどころ）

広成

蘇州より帰国の船を失ひてせむ方もなきわが身なりけり

（ここは我が）皇帝陛下の御威光でどうか帰国を（ふんばりどころ）

都護使

御勅書のごとく送来つかまつらむ　晁衡さまと相識り給ふや

広成

（晁衡さま?・留学生《るがくしやう》阿倍仲麻呂と?・相識らねども）当然当然《たんらんたんらん》

（当然当然《たんらんたんらん》　中央政府高官と南の果ての地方官、当然《たんらん》）

再びの都に会はば安南の篤きもてなし　晁衡どのに

郭慕京

（大国の中央政府高官と金の成る木の蓬萊島と）

（ほくほくが顔には出ぬか）大唐の民として道の案内《あない》つかまつらむ

*

都護使

蓬萊の不老長寿の妙薬にこそ及ばねや安南土産

香木片《にほひよききのかけら》いとめづらかに焚く　亡きひとの魂《たま》も反《かへ》る香

香木片《にほひよききのかけら》ひとつ国ひとつ換ふる王さへ在るとこそ聞け

広成

民草の依るべき国土換ふるほど　か黒きおほきこの木の欠片

郭慕京

よのなかはいのちさへかろく換ふるなる幾許の銭幾許の香

＊

広成

蕃国と呼ばるる（それはさうだらう）いつの世にし隣国友邦たらむか

覆はるることの安心　大唐の夜着にふうはりふうはり眠る

明日はまた蕃国使とて護られて長旅白雲遙かに望む

後の世の人らが嗤ふ唐語まねび　されど我らが大和言の葉

後の世の人らは倣《まね》ぶあめりか語　まいてあやふき大和言の葉

とにかくに都へ国へかへりてぞ繋がむ細き歴史の糸を

~取引中~

都護使

香木は重たかれどもよつたりのいのちの重さ　晁衡どのへ

郭慕京

道遠み二つながらに重たけれ　われにも香り高きを賜へ

都護使

重たければひとつを己がものとせよ四つのうちひとつ崑崙産ぞ

郭慕京

重たきはかかる任務で　よつたりの四つのうちふたつ崑崙産を

都護使
好《ハオ》好《ハオ》好《ハオ》　よつのうちふたつわがものとせよ都へと道ひらく香《かう》

郭慕京
よつのうちふたつ　遙けき異国より来たりし木切れ　何処くへか売《マイ》！
ありがたくきつとひらいてみせませう重たき宮殿の扉をぎぎと

都護使
われら何ゆゑに拘る京城に　此処ならば此処の頂きの我ら
安南の潮湿《じつとり》がわが身を覆ふ　このままで良いかも知れぬ、かも

潮湿《じつとり》に囚はれていく　安南の地に足下が吸ひつくやうで

だが見たい大唐といふ幻が現実となる地を京城を

都護使・郭慕京

高台に立ち見遙かす京城の春尽くわがものとして

たちまちに失ふ春と思へどもひとたびは　りやうの手にぞ摑まむ

坦坦の道選みとる人あらむかれは我らが朋に非ざり

都を目指し！

南方《なんふぁん》は瘴気に満つと人ら言ふともこの檳榔の照りて立てるは

海離《うなさか》り陸路《くがのみち》行く心もとなさ蓬莱《にっぽん》は海にあるから

今は君海から上がる潮湿《じっとり》を懐かしむ日のあるとも思へず

煬帝の穿てる水路進み行くすべらかに豈に暗君ならむや

広大を水路で結ぶ雄大を狂といふなら国家こそ狂

*

四道

懐に深く入りゆけ　大地から立ち昇りくる銭《かね》のにほひだ

天彦

瘴気だろ瘧《おこり》になるぜ確《しつかり》とせめて己を持つて立たねば

四道

白花《パイファ》に会へるのささぞ喜びとおまへ思へば少し紛るる

天彦

白花《パイファ》がこの広大の果てにゐて今わが子さへ腕《かひな》に抱きて

四道

幼な子はわれらよつたりのよろこびと思へば少し心紛るる

文足

広大はこはいさだから煬帝は水路の網で絡め取つたり

四道

経済といふ粗い網（きらきらとうつくしい）水面《みなも》進み行く舟

文足

迷ひなき欲望＝大地踏みしめてぐつと立つてゐるんだなおまへ

広成

こはいもの無し四つの身のほかは無しただただ我身運び行くのみ

我らこそ歴史　じつとりと生きてから水路を進み陸路を拓き

文足

（まぼろしと）海の彼方の主上とか（思ひませぬか）ひどく遠くて

広成

挫けさうなる心こころを励まして〈日本《にっぽん》〉に繋ぎとめらるるか

煬帝は既にし歴史　水路往く時〈朕こそ歴史〉と思ひしや

我らこそ歴史　新たに国開き唐の高祖は（確かに思つた）

今上は兵挙ぐるとき我が父に譲位云ふとき（天命を思つた）

我らから南海の果て流離ひて再た還るのは　天命だらう

四道

天帝は何も考へちやをらぬのさ〈あちらの駒をこちらの隅へ！〉

広成

大唐は日本＝東夷＝駒とこそ思へ　大唐も天帝の駒

四道
天帝のうへにも何か大いなるやつが　天帝を駒と呼ぶのが

限《きり》が無い限が無い　己《おれ》はとりあへず〈あちらの物をこちらの客へ！〉

文足
考へるための言葉がいつぱいだ　どんな言葉もこの為に在る

歴史さへ語り継ぐのは言葉だ　と、高祖父が言つたかも知れぬなあ

天彦
白花《パイファア》とわが子いづれは大海が隔つ　今だつて大地が隔つ

子は父に背いて〈朕〉と告《の》るだらう　さうは言つても血脈が歴史

人は皆父と母の子知らいでも何処かにはゐた　子として生れた

わが無事を鶴《たづ》に祈りし母君を日の出づる方見つつ偲ばな

*

往けや往け唐都洛陽主上未だ（唐国のだが）おはします方へ

帰らうとするのがちから　よつたりが各各終の拠り処は〈帰る〉

嶺南の瘴気が何んだ我ら流人ならざり外国使臣であるぞ

罪を得てかかる流離ひならばさぞ　然《しか》非ざれば往きて還らむ

広大の最中《もなか》を往けば何処にも人在りて人の営みをせり

漁りの網を打つ人　真つ黒な顔でにやりとしたではないか

家鴨飼ふ阿姨《をばさん》　ふいと見たんだが知らぬふりして家鴨また追ふ

衣濯ぐ太太《おくさん》　濁つた水だけどいいのだらうか延延濯ぐ

ともかくも少しずつ帰る　〈送来を令す〉の傘に守られながら

～Intermezzo～　阿倍仲麻呂

仲麻呂

日本人たちが安南都護府から戻ってくると風に聞かさる
同胞といふ括りから脱けられぬ！或いは快感だつたりするが
東海にあをく平たく泛べるを故郷と呼ばう　夢のゆめの底ひに
目も眩む蒼さ　大唐帝国を限れる大海《おほうみ》のあをさよ

王維
微かなる訛りを探す漢族にあらぬをとこの全き唐語に

仲麻呂
敵はぬといふところから始まつて次次船が海へ放たれ

海といふおほき装置が作用しておほく（かなしも）呑み込まれ消ゆ

帰るため唐に来しかど宮城の瓦のひとつひとつ煌めく

日を浴びてこそ壮麗の宮城のうへ天命は常に必要

王維

茫然《ぼんやり》とした玉響　君が頭《づ》のうちやはらかく母語が巡れる

横書きのペルシアの文字は水平に頭のうちめぐるだらうか、なんて

仲麻呂

帰るため来るのだ　吾は帰すためゐるのだ唐の絹に馴染んで

真備はも長らく会はず否や唐に着いてののちは風に聞きしのみ

言葉こそ力　書籍《ふみ》もてつくらむと真備はも　碁の外には会はず

風や雨や月は同じき界《よ》にあると言はば親族《うから》ら慰まむはや

王維

門閥系ならぬ我らが頼めむはいちにんいちにん　友と呼ぶべし

蔭仕派の一の字すらも読めざるが髭の上役　笑ふぢやないか

仲麻呂

留学生《るがくしやう》真備は鬼と碁を打ちて勝ちたりと言ふ　我身は鬼か

己が才《ざえ》持ちて故郷へ帰るためかれは帰るため此処にゐたのだ

帰すため高位を目指す（のぢやないが）さうなりさうだ〈唐の晁衡〉

伝説をなるべく多く纏へ君　故国の大臣《おとど》たるべく真備

文才により仕ふるとうつくしく　だが、権謀と財　悪くない

〈言葉こそ力〉軍権、政事《まつりごと》、財にも力　悪くない、真備

よつたりが生き延び還り来るといふ　われを親族《うから》と頼りくるるか

殷賑

天彦

今は亡いかれらが魂のゆらゆらと垂れ込め重き灰色雲だ

再びとなれば大路のざはめきの饅頭《マントウ》売りにさへ見覚えが

四道

しつかりと持つてゐようぜ香木を　国際通貨／かへりの路銀

広成

朋船《ともぶね》のゆくへを知らずあをによし寧楽の都か波の底ひか

大陸《おほくが》にぽつりよつたり頼まむは誰かはやはり晃衡どのか

*

大路の賑はひ
来来来《ライライライ》ふつくりふはふはマントウのほつかりほわほわ来来来《ライライライ》
沙漠からフタコブラクダヒトコブもあるよ乗つたら沙漠が見える
どつしりの緞通敷いてお大尽気分どつしり緞通ペルシアの

＊

名妓　璐無《ルウ》

渦巻いてゐる＊＊したし＊＊欲し　混沌がどつぷりと好き朱雀大路が

朱雀つてあかいおほとり華やかに羽ばたいて夜は明くるのでせう

混沌といへばかれ　わが蓬萊ゆ来たりし君よどつぷりと好き

名妓とは輿に運ばれ宴から宴へ　金剛石是我的朋友《だいやもんどがともだち》

蓬萊の君がくれしは海のあをの霧をまとへる真珠ひとつぶ

まつすぐに学んでゐしがいつしらに君は宮殿の高みを目指す

(「これが君　おほきな海のひとつぶに出会ふ真白な幸《さきはひ》だ　璐《ル》無《ウ》」)

名妓とて輿に運ばれ宴から宴へ　やうやう借財は無し

即興詩もてはやされてひよつとして或いは後の世までと思へど

世渡るに詩歌管弦舞踊書画学べども　詩ぞひとつたましひ

甘酒に干無花果の菓子買ひに降りたき輿のあな房飾り

*

大路の賑はひ

来来来《ライライライ》きぬすべらかにぬひとりの金糸銀糸を奥様方に

ペルシアの火を吐く大漢《をとこ》　長安の絵には必ず写されている

＊

広成

最早此処を国と定めて棲まはむか〈世界の最中＝中華に棲まふ〉

また海を越えて命を拾へるか覚束なしや　饂飩を食はう

四道

めづらかの品動かして商ひの道といふべく海に道あらむ

天彦

子と妻がゐる国／母の在す国　ふたつあるとは良くてわろしも

宴

晁衡（阿倍仲麻呂）

璐無《ルウ》が弾く琵琶なめらかな膨らみが音をかくまひ、震はせ、放つ
琴《きん》のこと取りて和しつつねつとりと絡みあふ耐陰性植物の蔓
礼楽と曰ふが　高みへ高みへ絃なべて弾き切つてしまふまで
情動の完全制御儒教的倫理は音の海に呑まれて

うつとりと琵琶を抱く袖　健康な白い腕《かひな》のひらひらと雪

幻の雪渤海に降りやまぬ　大きな地図を広げて囲む

竹林をしづかに満たす琴《きん》のことさういふ場合もあるのだらうが

名妓　璐《ル》無《ウ》

わたくしは琵琶になりたい螺鈿のひかり

明滅をくりかへしつつ海を渡らむ

晃衡

琴《きん》のこと立て掛けて寝《ぬ》る春の飛火野

響きあひこの世のことはこの世のままに

広成

帰国《キコク》帰国《キコク》かたき言葉が頭《づ》のうちをめぐりどほしのわたくしでして

晃衡

渤海が良いでせう道を持つてゐる　海の道　商ひの道　義の道

広成

どおんどおん打ち鳴らさるる大太鼓北辺はどうもそのやうな国

礼無しといふは中華の中華たる所以　北には北の礼楽
郭慕京《クムジン》

*

連なれる音の正確／旋回の律の惑乱　渡れこの世を

計画

安南の都護使さまより香木片《にほひよききのかけら》大き奉りなむ
郭慕京《クムジン》

晁衡

安南を去り都への手形とて大きを寄越したるかかはゆし

漢族にとり安南は別天地　われには都さへも天涯

汲みてとらすわが同胞を扶けしと大き木片寄越したるゆゑ

かかる木のかけら珍重命より高き値を付く人世濁濁

郭慕京《クムジン》

わが道もひらき給はな渤海の王に紹介状を給はな

晁衡

よつたりを扶け連れ来し常ならぬ深さ（心と欲と）よくよく

綿津見を越ゆといふのか命より高き値付くる何が在るのか

郭慕京《クムジン》

欲といふもひとつ言ひ訳　生れしから我が身走らすひとつ言ひ訳

凝《じつ》として年を取るのは嫌ぢやとて熟崑崙と呼ばれ初めてき

晁衡

我が身とてひとつ言ひ訳　国のため（凝《じつ》としてゐるのは嫌やぢやから）

渤海へ行け日本の寧楽へ行け　玉の枕に羽毛の寝床

木片《きのかけら》＝珍宝《めづらしきたから》　付加価値の値札《ふだ》我が付けむ王に献ぜよ

＊

広成

入国と出国をして大浪のゆゑ再入国↓渤海へ出国

書き付けがゐるのか如何《どんな》？　大浪に身分証明書なんて無いぞ

我は大使倭国の大使いや日本ニホンノタイシ　扉を開けよ
扉！扉！扉！だらけの宮殿と官庁街を入る／出る／迷ふ
位階別官服の色佩ぶる玉《ギヨク》髭の善し悪し　冷淡／侮蔑
日本的大使《りいぺんだたあしい》倭《ワ》国《コク》倭《ワ》ぢや昔の（唐もいつしゆん周と名乗つた）
文足よ訳せよ　船は如何なつてゐる渤海の使臣は何処

文足
外国の使臣受付窓口は此処ではない向かうあつちへ行け、と

広成
あつちからこつちへ回され来たのぢやと言へ昨日から待たされてゐる

文足
さう言へばさういふ文書来たりしが書式が違ふゆゑ戻した、と

広成
大海を渡り嵐に流されて崑崙経由来たのだ、と言へ

文足
適正であらねばならぬ手続きに如何なる例外も有り得ぬ、と

広成
どうでもいいが今のわれらはかへりたいだけなのぢや皇帝陛下のお慈悲で

文足
手続きを踏んだる上で帰るとか帰らないとか考へませう、と

広成
文足よ我らが命かけてまで学ばむとふはこの〈ガチガチ〉か

〈ガチガチ〉＝機構、組織を学ぶため来しかな　超大国＝唐まで

（たひらかなやまとくにはらほんたうに官僚組織要りますか　聖上《おかみ》）

＊

四道
購ひませう香木ひとつ費やして珍品貴品〈倭に初お目見えの〉

郭慕京《クムジン》
腕が鳴るのう　倭国とは何を買ふ人々がゐる国だらう

四道
唐渡りきらきらとせる高坏に葡萄の美酒のさぞ酔い心地
キララカが好き　をのこらもをみなごも中華の国も蕃国も皆

かをりよきものが好き　風吹かば消ゆとも麝香白檀に没薬
示巴《シバ》と呼ぶ国はをみなの皇帝が没薬をもて築きしと曰ふ

郭慕京《クムジン》

唐渡りさう言へ　綾の切れ端を縫ひ大切の玉飾り入る

四道

さも珍貴なる宝ぢやと欺すやうなれば商人蔑まるるを

郭慕京《クムジン》

げに珍貴なりとは買ひ手の言ふところ　「求めに応じます」が商ひ

葡萄酒杯　猛き大浪越えたれば付け加へらるる価値とこそ言へ

値を付くるはわれらのほかに無きがゆゑ（高値を付くる？）適正価格

存外に正直なものでございます蔑まるれど商ひも道

さは言へど利無くば起たず義にも利を忠にも利をと天のたまひき

四道

どの天が〈義にも利を〉なぞ申されむ　〈利にも義を〉こそわが志

郭慕京《クムジン》
善も悪も無いのぢや　要ると言はば売れ要らぬとふともやはり売れ、呵呵

四道
北斗星象り飾るこの太刀も売りますが――人殺むる道具

郭慕京《クムジン》
善も悪も無いのぢや　太刀をただ飾るあれば振るひて殺むるもある

物は物カネさへも物　価値あると誰かが言へば価値が生まるる

四道
商人は〈価値〉と呼ぶひとつ幻を売るため生れて来たりしものか

郭慕京《クムジン》
四道四道　それを言ふならこの世とはひとつ幻　さうではないか

太刀一振り螺鈿の北斗七星を飾れる　うつくしうはないか？

四道
大使さまたちは新たなる国造り志したまふ　それも幻

郭慕京《クムジン》
それよ生きて美美しき太刀を持ち帰り国造るのさ　ひとつ幻

＊

（赤子）

（生まれたてのみどりごちひさなするどさの水仙の芽がみえたやうだよ）

（よこぎつた宙《そら》をおぼえてゐるんだよくらいすばやい鳥の影たち）

（にんげんのこのうまれたてぼくのこと掌をいつぱいにのばしてみるね）

天彦

嬰児《みどりご》に継がれたあかい血のことをおまへのお祖母さまは知らない

白花《パイファ》

おまへさまも思はずき親子三人寄り花の都の花を見むとは

囚はれの熱帯庭園睡蓮の睡れる夜に思うてくれた？

天彦

寝ねめや思はざらめやじつとりと睡蓮の夜に可愛的《いとしき》白花《パイファ》

白花

まぼろしねからうして逢うて三人寄る都の春のまぼろしの夜

（赤子）

（ぼくゐるよ生まれてきたよたましひがふたつ寄りそひぼくになつたよ）

（ほんたうのことではないの？　おとうさんおかあさんそしてぼくのさんにん）

天彦

ほんたうのことさ還つていくけれど今夜はここに父としてゐる

白花

ほんたうのてのひらおほき肉厚の舶を操る／わが頰撫づる

茉莉花のにほひよぎれるほんたうの夜の真中に〈家族〉でゐよう

天彦

名付けなむ　飛宇　空渡れ海渡れ　せかいはきみのてのうちにある

飛宇

ぼくは飛宇　空を渡つて海を越え　せかいはぼくをむかへてくれる

＊

天彦

白花《パイファ》に会つた〈まだ見ぬわが子〉にももう会つた　会つてしまつた

文足

会つたのか（さういふだけで言尽くる私だ言葉はこの際無力）

Ⅶ　帰　路

渤海を目指す

晁衡
帰国許可出でたり（我にあらねども）皆に　今はと思ふばかりぞ

広成
今はとて帰るさの海に入る月を仰がば君を思はざらめや

晁衡
登州へ河水を下り海に入れ月に耀ふ波のまにまに

渤海へ湾をさ渡り（新羅には憚りあれば）半島過《よ》ぎれ

鴨緑府経て龍原府そののちは出羽か能登　はや帰るばかりぞ

幾たびの月の満ち欠け経たるのち帰らむ　我は幾百度を

不可思議《プークースーイー》かく海陸《うみくが》の距離と言ひ経る年月の流れと言ひて

わが髭ははや黒白《こくびやく》の灰白《かいはく》の　未だ雪白《せつぱく》まで至らねど

語り過ぎた君らはもはや帰れかし見送りはせぬ蓬萊へ行け

広成

月を見て思はぬ日はなし　もろこしに同じき月を仰ぐ友どち

友と呼ぶを許し給はな歳歳《としどし》に花は変はれど月は変はらじ

登州にて

広成

再びの海に入るべし　よつたりのよつのたましひ結ひて入るべし

大唐を今は離《か》るとも半島に言と文字《もんじ》は通ずと思へば

文足

忘れ物なし　香木片綾錦瑠璃杯金銀日月刀等等《たんたん》

四道

忘れもの　われはこころのはんぶんをおいてきた忘れてきたのではなく

天彦

初めての国　初めての海渡り　崑崙人初○○○＊＊＊△△△！

郭慕京《クムジン》

大白鳥の国

渤海に大白鳥が棲まふとふ幻をみて朝《あした》醒めにき

＊

大祚栄・大武芸・大欽茂はた高王・武王・文王と称《い》ふ

国を建て武を以て統べ文に依り治めよ　氷《ひ》より生《あ》れよ　はくてう

*

文王　大欽茂

我はまた粟末靺鞨《ぞくまつまつかつ》族の裔　氷を渡り白雪《ハクセツ》を踏み

大抵憲象中國制度如此。（新唐書／列傳／北狄／渤海）

大唐の憲《のり》を象る　賞められてゐるのやら嗤はれてゐるのやら

大唐の憲は象りいつぽうで日本《につぽん》と告《の》る　むてつぽうむてつぽう

むてつぽう四人《よつたり》連れて来るといふ大唐留学生胥《しょ》延徳が

胥延徳　渤海から唐への留学生

「率賓の馬」とふ聞き給ふらむ　そら、空に群れ雲に嘶く

海東青《カイトウセイ》とは大鷹の異名にておほうみのひむかしのあをに舞ふ

海東の英傑四人　渤海にわれらが国に迎へ奉る

広成

羽折れて今は御船を寄る辺とてわれらよつたりかへるばかりを

胥延徳

四つの海経巡りいのち永らへて帰るをいかで称へざらむや

文王

渤海の大白鳥は羽伸べて海さへ渡す橋とならむそ

渤海の螃蟹《はうかい》さはさあれ食せ巨いなる螯《はさみ》の肉厚を

郭慕京《クムジン》

このおほきなカニのハサミを氷《ひ》に閉ぢて送れたらなあ、とふユメを見き

文王

武に依らず交易に国立ちゆかば良いのになあ、とふユメを見き

胥延徳

詩をつくるただ自らのためにのみかかる世に生れ、とふユメを見き

韻を踏む文字《もんじ》かんがへ更くる夜や中華世界の闇ひらくまで

圧倒的質量をもて両脇に聳ゆる辞書のあひだ行くのみ

唐に出してもはづかしくない詩をつくれ延徳延徳　さう父が言ふ

文王

言語的覇権は軍事的覇権に伴ひ我等統べられてゐる

広成

非才にて詩を得つくらず　天彦の母はやまとのうたつくらする

文王

みづからのくにのことばにうたふのは若草におくつゆのうるほひ

文足

こはもての唐のことばにうたふのは礼装解けぬ朱夏の暮れがた

文王

中華文化圏蕃国同士にて朋となれよう　海があるゆゑ

うるはしき誼みの海の名告りせね戦なき世の海うるはしみ

海東にかかる王国ありと記す史書は中国文字であらうな

みづからの文字を持たぬは灯火のなきままとほき道行く如し
広成

白鳥の記憶はわれら東海の小島といへどとほく残らむ

繰り畳ねとほき歴史の果てにある記憶がどんなものか知りたい
文足

それは言葉それは文字　一民族のしろがねのたましひのかがよひ

休日

胥要徳　胥延徳の従兄

けふ一日心伸ぶる日　率賓の馬の野駆けを試みたまへ

延徳は文字の意《こころ》にとらはれて書籍《ふみ》の森から離《か》れられぬゆゑ

情報はこの一巻に在りと曰ふが！　踏まれて匂ふ土や青草

広成

海の上に折り畳まれてばかりなる脚も伸ぶる日　心ひらく日

大柄な馬ではあるが雲映す眼はわれを拒んではをらぬ

要徳

大柄な私であるが異言語の異民族のあなたを拒んではをらぬ

広成

故国はやなほ若けれど育つべく　私の背《せい》もあるいは育つ？

わが世代次の世代またその次の千三百年ののちは背高《せいたか》

要徳

千余り三百年ののちを言ふ呵呵おほ柄よ広成どのは

広成
いさ駆けむ　万の青草踏みしだき千の木立を抜けて湖《うみ》まで

要徳
お、お、小さき島の人とは思ほえぬ野駆け　海まで突つ切るやうだ

広成
海までも行かうぞ白き帆を広げいつの世にしか巨船《おほふね》泛かぶ

要徳
鹿の目がまろく潤んでゐる朝《あした》　おほ空は晴れ神いまそがり

広成
神？仏ではござらぬか流行というてはなんでござるが　今は

要徳

御仏は天竺育ち　北方の我らには天、蒼蒼の天

大柄な私よりなほ大柄の神ほほゑんでゐると思はぬか

広成

駆けゆけば露の光に風の息に成る程おほき神いまそがり

要徳

腹が減つてきたではないか　渤海国御馳走班を此処らで待たう

〜Intermezzo〜　海東の食卓

白麻を風に広げて食卓をととのふ　ふくよかなる雲往く

瑠璃の杯葡萄の美酒を真昼間の光に掲ぐ　雲は往きつつ

＊

要徳

千年ののちこのやうな食卓が調へられて和睦あるべし

広成
和睦あるとは戦ひがあひつぐと宣はるるか　彼我海を置き

要徳
これまでも戦つてきた　渤海の凪ぎ渡る日よ幾年ならむ

にっぽんも干した海鼠を食すのか　ナマノナマコハナマナマシイナ

広成
海東の国の仲間だ　ナマナマシナマノナマコモタベテヰマスヨ

＊

鵝掌菜《こんぶ》また冬葵《ふゆあふひ》煮て添へたるは春陽色《はるひのいろ》の小皿に盛られ

あさみどり瑠璃をとほつてこぼるるはけふといふ日のひかり（いのち）であらう

*

要徳

磁器を焼く其れも国策　うつくしきうつはと愛づる我ならましを

広成

瑠璃杯をうつくしとのみ言はましを〈美は権力の象徴となる〉

陽のぬくみはつかの苦み葡萄酒の喉《のみと》ゆくときいのちならずや
日日に観て不作豊作測りたまふ王者の膳とふ豪奢ならずも
要徳
うつすらと風が生まれてきたやうだ我らが卓を花びらが祝ぐ
生きてまた此処にかうして　否や否あらゆる海にあらゆる空に
広成
ともかくも食《たう》ぶ飲み干す陽を浴ぶる風を聞くこそいのちならずや

最後の航海

即ち時を同じくして発つ。沸海を渡るに及びて、渤海の一船、浪に遇ひて傾き覆る。大使胥要徳等卌人没死す。広成等、遣れる衆を率いて出羽国に到り著く。　続日本紀

広成

これやこのつひに最後の海渡り再た大陸をいつか見むかは

渤海大使　胥要徳

沸海といふ語がふつと泛びたる　君が母国に向かはむとするに

広成

春を待ち送らむと王宣ふを　心の鬼は直《ただ》に逸《はや》るを

要徳

ふつふつと沸き起こる諍ひの火を海すら逃れ得ぬ時代《ときよ》来む

広成

ひむかしもみんなみもなべての海がひとつ自由の海とならむ日

要徳

つよい風が我等を攫ひい行くとも互みに朋と呼べるけふの日

＊

やうやうに遠ざかりゆく半島の水平線と一《いつ》となるまで

＊　＊　＊

海が我等を引き裂きにくる大波の寄せては——寄せて寄せくるばかり

一国を背負ふとふとも我等何んぞひとつちひさき生き物として

海に在る螢のやうにぽつり瞬きたりぽつりひとつ命は

瞬いて瞬いて永らへよ乗り切つて大海《おほうみ》を越えて倭へ

列なれる島じまのうへ茜さす朝明《あさけ》といひて君と並み見む

一国が何んだ一身永らへよ今は各各そのひとつこと

逆巻ける龍が昇つた後の海か天は人なぞ見捨てたまふか

* * *

つま先に温みが届く総身を駈け抜けてゆく光あるべし

息を吸ひまた息を吐くひとつひとつつめたい草の露の匂ひだ

誰がゐる誰が失せたるいま其れを知りたくはなく今しまらくは

歳月《としつき》が流れて海は在れ　誰も私のことを知らない夜も

出羽の国だ　此処は倭の領域と言ひつつもなほ言はくろがね

今は此処に　水に喉《のみと》をうるほして眼裏までも明るむ光

Ⅷ 復命

大和朝廷

天平十一年十一月辛卯、平郡朝臣広成等拝朝す。
続日本紀

言の葉を飾りて帰朝報告を為しつつ広き袖翻す

風に靡く五色の幡《はた》に迎へられ、威儀を正して、(我に力を!)

誰れよりも時の重みを背負ふひとに　入唐廻使《にふたうくわいし》拝朝《みかどをがみ》す

（詔《みことのり》かしこみかしこみ海を越え詔告《の》る君も人なり）

（人はただ人たるばかり）ひそやかに我に兆して消え去らぬ言

唐ぶりの冠《かうぶり》からりからりからり鳴る玉飾り垂れ〈主明楽美御徳《すめらみこと》〉は

つづまりは国家を飾るものならむ律、暦《こよみ》、楽、書《ふみ》、玉《ギヨク》、仏

国と言へ其実《そのじつ》命吹き込まれよろぼひよろぼふ人あるばかり

大庭《おほには》の文武百官百官もあらねど彩彩《いろいろ》袖ひるがへす

唐制に倣ひ冠《かうぶり》笏を手に（思ふのは陽の差す若草野）

野も花を飾るかいのちつなぐため〈種の保存〉いま閃いた言

国を持ち官をととのへ対等の友邦たらむ（友邦！）其れは譲れぬ

大陸《おほくが》も喰ひ尽くすだらう飾らねば理性《ことはり》の衣《きぬ》飾らねば　人は

だから広き袖は必要采女《うねめ》にも大臣《おとど》にもその人その人の衣《きぬ》

青丹よし寧楽の都に咲く花は朱雀大路を今そ飾りね

〈唐に往き還りてもなほ天平〉の御世二十年　とは後の世に

*

朋の艙が傾き海に覆へる夢もはや夜夜わが身離れぬ

天平十一年四月戊辰、中納言従三位多治比真人広成薨。

出羽に漂着せし三月《みつき》まへ大使さまは薨したまひぬ　とや後の日に

みんな去つていくのだ　地《つち》の上海のうへ探してもさがしてもゐないのだ

えいゑんに天平だつたら（否）若い日が天平だつたから往つたのだ

丸い海のうへ流離つてゐるあひだ変はりつつ変はらぬ故郷《ふるさと》だつた

消息《せうそこ》

広成より胥延徳へ

我等共に唐に在りしを　牡丹《ぼうたん》の花びらは陽の重たきに耐ふ
極彩《からふる》な市であつたよ　火を吐けるぺるしあをとこ旋舞《まひま》ふをとめ
たひらかな海であつたら水馬往くごとく通へる艄《ふね》であつたら
しかしから相ひ識りひとときの夏を過ぐしし御国豈《あに》忘らめや

天彦より白花《パイファ》と飛宇へ

飛宇はもう片言を曰ふ若草の春の頃かも唐語の言を

天彦の母

もろこしの天《あめ》の鶴群《たづむら》子の妻と子の子育め天の鶴群

この世には見ぬ血縁《けちえん》のありといへる唐といふ国近くもあるかな

天彦より白花と飛宇へ

倭には倭の妻が若草野やがて倭の子を生むだらう

生き行くといふはことはりどほりにはいかぬのだ　だが、白花と飛宇

会ひに行く日はないだらう　飛宇が来る或いは春の摘み草の頃

越えよとは言へぬ海だが　飛宇の名は　来るかも知れぬ来るかも知れぬ

天彦の母

お祖母さまと呼ばるるか唐語の〈お祖母さま〉文足さまに問うておくこと

四道《よつぢ》と郭慕京《クムジン》より晁衡へ

四道

香木は命よりなほ重しとか郭慕京は抱きかかへ海越ゆ

郭慕京
値打ち／いのち／いのち／値打ち　商ひの元手ふたつを抱へ海越ゆ

四道
我等には大唐朝廷高官の後ろ盾あり　とぞ匂はせて

郭慕京
崑崙は唐にありては崑崙で倭に来ても崑崙であり

晁衡さまは唐にありては——如何ならむひどく複雑に生きたまふらむ

晁衡
後の世は〈望郷〉がわが代名詞　世界都市から愉しんでゐて

帰りたくないなんてことあるかいやあるかもしれぬ　世界都市市民

集まってくる物、人、知識、そしてカネ　経済大国首都にゐるのだ

小さき国まづしき人らあやによし絁《あしぎぬ》つくるその絁を

郭慕京

新しき国が生まるる時の水際《みぎは》茜さす陽のひたひたと朝

四道

郭慕京がうつくしき言吐く朝《あした》　商ひだつてときに美し

白瑠璃の高坏に盛れときじくのかぐの実　かくもうるはしき売る

郭慕京

命ひとつ香木ひとつ抱へきてこれが資本だ我等〈売るべし〉

＊

文足

いきいきと企んでゐるふたり組
　香木片すこし欠いてやれ
まよひなき一生《ひとよ》なるらし羨まし
　すこし欠いたる気付くだらうか
物とカネ何んになるとか思はざらむ
　香木片これがよき匂ひ？　なる？
まつすぐに売りたきものを売りい行く
　何百年ののちに伝へむ
大唐と倭伝ふる書《ふみ》幾つ
　時の海ばら漕ぎて越えなむ

これがその物語である後の世のわが言を継ぐ者へ置くべし

おしまひ

（付録）　秘書晁監の日本國へ還るを送る　王維

積水不可極
安知滄海東
九州何處遠
萬里若乘空
向國惟看日
歸帆但信風
鰲身映天黑
魚眼射波紅
鄕樹扶桑外
主人孤島中
別離方異域
音信若爲通

水を積む如く心を積みてゆくさうして歴史綴られてゆく

不可極《きはみなき》おほうなばらが続けるを続きゐるゆゑ怖れ畏む

安《いづく》んぞ知らん〈私〉の果てにある光／暗闇／暗闇／光

滄い海が東にあるとほのぼのと沙漠の民は安《いづく》んぞ知らん

九つの州《くに》の境に生ふるとふ大樹それぞれ違ふ花咲く

何處が遠い？私の国と　をとめごが睫毛震はせ応ふる如し

萬里まさに此処に尽きなむ万策も尽きなむ君が千金のゐみに

若乗空《るおしえんこん》そらを飛ぶとはこのやうな気持ち　私は世界を愛す

〈國に向かふ〉相ひ対するは幻か〈官応《まさ》に休《や》む〉日まで働く

惟だ看るは日の光　まなこ冥むまでみつめつづけて憧れ続く

帰る帆のはらめる風の裡にこそかすかに匂へ野辺の若草

但だ風に信《まか》す外なし時の海を漂ひ初めし野辺の若草

偶然《おうらん》　鰲身《おほうみがめ》の背に乗りていづち往くらむ野辺の若草

黑黑と天に映ゆらむ大唐の宮殿にまで辿り着いたが

（魚の眼になみだ）私は中心にゐるのだ世界見渡せるのだ

波を射てみつめつづけて紅《くれなゐ》となりて眼《まなこ》はなほ東看る

ふる郷の国つ神立ち樹樹の立ちふかぶか匂ふ春かあるらむ

扶桑樹の枝を取り来よとひめみこが外《と》の者に宣《の》ぶ春かあるらむ

書《ふみ》に曰ふ人は世界の主とふ　鰲《おほうみがめ》は？　蜃《おほはまぐり》は？

ぽつかりと孤島に過ぎぬ人とふは其処が中心と思ふばかりで

別離なんてさいさいあるわ　洛陽《るおやん》の旋舞《まひま》ふをとめ我に告げしか

方形に区切られてゐる盤上のひとつひとつが異域なるべし

音信《おとづれ》は波に聞くべしわが身ひとつ在るはいづれの地とて此の世ぞ

わが身在るが此の世の外と若し爲《な》らば通ぜむ〈時の瓶信《ボトルメール》〉で

おしまひの後で

「おじいちゃん、紀文足って、おじいちゃんのおじいちゃんのおじいちゃんくらい?」

「おじいちゃんのおじいちゃんのおじいちゃんのおじいちゃんのおじいちゃん……くらいじゃよ」

「ご先祖さまって、つらゆきおじさんくらいしか知らなんだよ」

「うん、いちばん有名な人じゃけんな」

「つらゆきおじさんは、短歌をつくってたんじゃよな。机の前にいつも坐っとる感じやけん、中国まで行ったふみたりおじさんとは違う感じでえな?」

「つらゆきおじさんも、船に乗っとったやろ」

「うん？　え〜と」

「ほれほれ、京都から高知に行ったやろ」

「あ〜〜！　中国に行くよりはだいぶ近いよな。らくちんじゃん」

「今とは違うでよ。まよひはクリスマスにお父さんお母さんと瀬戸内海で大きなお船に乗ってお御馳走食べた、あんな船のことを思いよるんじゃろ。あれよりはだいぶちっこい船で、昔のはエンジンもないんでよ」

「うんうん、高知行くときは、外の海出るけん、瀬戸内海とはだいぶ違うよな」

「知ったようなこと言うなあ」

「へへ」

「まあ、紀氏一族はもともと海の民の出なんじゃゃ。ほれ、藤原純友って知っとるかいな」

「知っとるよ〜。まよひは歴史好きやもん」

「ほのな、純友と一緒に海賊を従わせたお役人に紀淑人っていう人もおるよ」

「ふうん、ほの人のことはあんまり知らんなあ。ほれに純友が海賊の親分だったん違うん？　まあ、ほなけんど、ほんで恵おばちゃんもお船が好きなんかいな」

「本四架橋が出来たときは、船が打撃を受けるて心配してたな。まあ、ほれはほうやけど、橋があって助かることもだいぶあるよ。大したもんやしな。技術力の結晶て感じするやろ」

「ええ〜、昔って、橋なかったん？」

「ちょこっと昔な。なかったよ〜。ちょこっと昔、恵おばちゃんは、中国まで船で行って大阪まで帰ってきて、ほいから、また船に乗って徳島に帰れるって喜んどったけど、ちょうど低気圧のせいか何んかで、大阪からの船が欠航になったんじゃ。こりゃ、今日中に帰って来れんなと思うとったら、和歌山まで回ってそっから船で帰ってきよったわ。中国からの船もだいぶ揺れて、寝とったらそのまま体がポンポンて上下に弾むくらいやったらしいぞ」

「ほんなんで、また和歌山から船に乗ったんかいな。よっぽど船が好きなんやな」

「ほうみたいななあ。今は橋渡って神戸から船に乗んりょるがな。ほんでも、遣唐使船には乗りたあないわ、言うてたわ。ほらほやな。命がけやもんなあ。ふみたりおじさんはほんま、ごくろうさんなことやった。」
「ほんまほんま」

令和三年一二月朔日紀野恵、耳に挟みたるを記す

令和三十六歌仙 11
歌集　遺唐使のものがたり

二〇二二年三月一日初版発行

著　者　紀野　恵
発行者　田村雅之
発行所　砂子屋書房
東京都千代田区内神田三―四―七（〒一〇一―〇〇四七）
電話　〇三―三二五六―四七〇八　振替　〇〇一三〇―二―九七六三一
URL http://www.sunagoya.com

組　版　はあどわあく
印　刷　長野印刷商工株式会社
製　本　渋谷文泉閣

©2022 Kino Megumi Printed in Japan